1

MW01104172

Les éditions de la courte échelle inc.

Jean-Marie Poupart

Né en 1946, Jean-Marie Poupart a fait des études en littérature. Il donne des cours de français dans un collège et, pendant de nombreuses années, il a été chroniqueur littéraire à Radio-Canada. Il écrit beaucoup, il lit beaucoup et il voit beaucoup de films. Il a d'ailleurs participé à la rédaction du *Dictionnaire du cinéma québécois*. Et il a aussi écrit quelques scénarios.

Amateur de jazz et de blues, Jean-Marie Poupart adore faire de longues promenades en écoutant des cassettes sur son walkman. Il a publié plus d'une vingtaine d'ouvrages. Et près de la moitié de ces livres sont destinés aux jeunes. *Des photos qui parlent* a été traduit en grec.

Des crayons qui trichent est le sixième roman qu'il publie à la courte échelle.

Francis Back

Né à Montréal, en 1959, Francis Back a étudié l'illustration en Suisse, à l'École des Beaux-Arts de Bâle.

Passionné par l'histoire du Québec, il a travaillé à des livres et à des films historiques. Il aime aussi illustrer des livres jeunesse. Ça lui permet de donner libre cours à son imagination et à son sens de l'humour.

Des crayons qui trichent est le troisième roman qu'il illustre à la courte échelle.

Du même auteur, à la courte échelle

Collection albums

Nuits magiques

Collection Roman Jeunesse

Des photos qui parlent
Des pianos qui s'envolent

Collection Roman+

Le nombril du monde
Libre comme l'air
Les grandes confidences

Jean-Marie Poupart
DES CRAYONS QUI TRICHENT

Illustrations
de Francis Back

la courte échelle
Les éditions de la courte échelle inc.

Les éditions de la courte échelle inc.
5243, boul. Saint-Laurent
Montréal (Québec) H2T 1S4

Conception graphique:
Derome design inc.

Révision des textes:
Jean-Pierre Leroux

Dépôt légal, 3e trimestre 1993
Bibliothèque nationale du Québec

Copyright © 1993 Les éditions de la courte échelle inc.

Données de catalogage avant publication (Canada)

Poupart, Jean-Marie

    Des crayons qui trichent

    (Roman Jeunesse; RJ45)

    ISBN: 2-89021-197-5

I. Back, Francis.	II. Titre.	III. Collection.
PS8581.O85C72 1993	jC843'.54	C93-096612-0
PS9581.O85C72 1993		
PZ23.P68Cr 1993		

Chapitre I
Bruno Robin
fait des siennes

Je viens d'avoir l'examen de grammaire le plus salaud de ma vie. Imaginez tous les pièges de l'accord du participe passé. Eh bien! ils y étaient. J'espère juste que la prof ne sera pas trop sévère dans la correction.

J'aurais parié mes économies que les élèves allaient chialer en choeur en sortant de la salle. Je me suis trompé. Le vestiaire est d'un calme absolu. On a presque l'impression d'être dans un musée.

William siffle en fouillant dans le désordre de son armoire pour en extraire son parapluie.

— Je suis convaincu que je vais avoir une très belle note, affirme-t-il avec un petit sourire dédaigneux.

— Sérieusement?

Il ravale sa salive. Je l'ai vexé.

— Si tu as mal repassé ta matière, Phil, tant pis pour toi!

Il me nargue, c'est évident, et j'ai envie de lui secouer les puces. Je le regarde dans le blanc des yeux. Lui, le blanc, il l'a jaune. Ce doit être parce qu'il est maigre comme un chicot. Il me tourne le dos et se dirige vers la porte en faisant de grandes enjambées.

— Te sauves-tu de moi!? Relaxe, le Thon, relaxe!

J'essaie de retenir William, mais Bruno Robin me bloque le chemin. Je n'ose pas le bousculer et je m'immobilise, bras ballants, vis-à-vis de l'étagère de fer forgé où trônent les trophées sportifs de l'école.

Est-ce que je vous ai déjà parlé de Bruno Robin? C'est un gars de ma classe, un de ceux qui ronflent dans la rangée du fond et qui se chauffent la couenne sur le radiateur. Ses lunettes teintées masquent la majeure partie de ses taches de rousseur.

Peu importe le temps qu'il fait, il a des bottes et un blouson de daim. Déclencher des bagarres l'excite. J'espace mes contacts avec lui. Prudence élémentaire… Chacune de ses bagues est ornée d'une tête de mort.

En février dernier, je suis resté à l'école un midi et je me suis payé le luxe du repas à un dollar soixante-quinze. D'habitude, je traverse la rue et je mange mon lunch au centre commercial.

Maman n'avait pas fait l'épicerie et le frigo était vide. Les sandwiches sont minces quand vous n'avez ni jambon, ni oeufs, ni beurre d'arachide. Des galettes! Ajoutez à ça la vilaine tempête qui faisait rage et le vent qui soufflait en rafales les vingt centimètres de neige tombés au cours de la nuit.

J'étais assis, tranquille, à la cafétéria lorsque Bruno Robin s'est approché de ma table et a craché dans mon verre de lait.

Je lui ai lancé mon plateau. Il n'a pas été assez rapide pour l'esquiver et il a reçu mon macaroni gratiné en pleine poitrine. Il n'a pas apprécié. Même sous ses lunettes noires, ça paraissait…

La sauce dégoulinait dans les franges de son blouson et éclaboussait ses bottes de cow-boy.

— Es-tu déguisé en vadrouille à pattes?! L'Halloween est passée!

Il m'a attrapé par le collet.

— Tu vois mes bagues? Je vais te les étamper dans ta face de citrouille!

Je pourrais prétendre que je suis un non-violent et que, par définition, «un non-violent n'entre pas en conflit avec les autres». Ce serait de la blague. La seule raison pour laquelle je ne voulais pas me battre avec Bruno Robin, c'est qu'il est deux fois plus costaud que moi!

Par chance, mon ami Max est venu à ma défense.

À l'époque, il faisait peur au monde. Maintenant, excepté les cheveux drus coupés en brosse, il ne lui reste de sa période punk qu'une épingle plantée dans le lobe de l'oreille.

Bruno Robin a encaissé toute une raclée. Les élèves présents s'en souviennent encore.

Pendant deux semaines, il a boité. Il avait l'air d'un chien battu. Ça, c'était il y a neuf mois. J'ai relaté cette scène pour que vous saisissiez bien comment je me sens, là, au garde-à-vous devant l'étagère des trophées.

Oh! attendez, ce n'est pas tout. Il faut que je vous dise également qu'hier matin Bruno Robin me guettait devant l'école. Impossible de l'éviter! Des images affreuses se malaxaient dans mes neurones. Méfiance…

— Ça va, Phil?

Sa joue droite était enflée. Il a toujours un bleu quelque part.

— Penses-tu péter un score dans l'examen de demain? m'a-t-il demandé en relevant ses lunettes de soudeur pour mieux me scruter.

— Tu te soucies de mes résultats de grammaire, maintenant!?

Il s'apprêtait à répliquer, mais voyant Max pénétrer dans la cour, il a déguerpi. On appelle ça l'instinct de conservation. Max n'était pas seul. William lui emboîtait le pas, les pouces dans les poches, l'air débraillé. William nous marche tellement sur les talons qu'il use nos souliers à notre place.

Voilà pourquoi j'ai été surpris tout à l'heure, au vestiaire, de son attitude indépendante.

— Il te voulait quoi, le Robin des bécosses? s'est informé Max.

— Il s'inquiétait de mes notes de français.

— Une tonne de grosse graisse épaisse et pas une once de jugeote! Moi, je ne suis plus capable de le sentir!

Chose étonnante, William a voulu prendre le parti de Bruno. Il n'a pas eu à s'égosiller, car Max l'a fait taire immédiatement.

— Tu ne vas pas nous infliger ça!

Ce n'est pas ce que dit Max qui importe, c'est le ton sur lequel il le dit. Maman trouve qu'il a un ascendant sur les gens et qu'il pourrait, par exemple, devenir hypnotiseur. Pour changer de sujet, William a commencé à résumer le film comique qu'il avait vu la veille à la télévision.

— Il avait des sous-titres, ton film, le Thon?

Max est une des rares personnes qui préfèrent un film sous-titré à un film doublé.

Oh! il n'est pas plus cinéphile que moi. Il a un problème d'audition. En fait, il est sourd à soixante pour cent. Il a un appareil spécial (minuscule, mais rose fesses-de-bébé) dont il déteste se servir. Le plus souvent, il lit sur les lèvres.

Dring, dring! La vieille cloche déglinguée a sonné le début des cours et on n'a pas su la fin de l'histoire de William.

À la récréation, Bruno Robin m'a accosté de nouveau. Il se grattait la tignasse en se contorsionnant comme un orang-outang.

— Pour l'examen de demain, je suis sûr que…

— Ça ne te donne rien de m'achaler.

— Bonjour, Jean-Philippe, gazouille-t-elle. Mon Dieu! que tu as grandi depuis cet été!

Son Marc-Antoine, il rétrécit, je suppose!?

Je ramasse le téléphone et je l'apporte dans ma chambre. C'est le moment de passer un coup de fil à mon frère aîné.

Chapitre II
Convoqué
par la directrice

Ça n'a pas d'allure! Jeudi dernier, les deux tiers des élèves se sont tapé un cent dans l'examen de grammaire. Notre prof est en colère. Même William, qui n'étudie jamais, a eu cent. Moi, j'ai obtenu soixante-quinze. Max, lui, a écopé d'un cinquante-cinq. Quant à Carmen, elle refuse de me montrer sa copie.

J'apprends finalement par Sandra, une de ses fidèles amies, qu'elle a eu la même note que moi. À quatre-vingt-dix, elle déprime. À quatre-vingt, c'est l'échec et elle est au bord du suicide. Qu'est-ce que ce serait si elle avait moins de soixante?!

— Toi, Sandra, tu vas me le payer!

Furieuse de l'indiscrétion de son amie, Carmen lui passe un savon superconcentré. La récréation se termine dans les pleurs et les grincements de dents.

Le tableau de la classe est rempli d'équations. Appuyé sur le cadre de la porte, le prof de maths a retroussé ses manches. Les poils de ses bras sont couverts de poudre de craie. Le coton de sa chemise est d'un jaune si vif qu'il sent le pissenlit.

— La directrice t'attend, déclare-t-il sans me laisser m'asseoir.

Je hoche la tête. Max se tourne vers sa voisine qui le renseigne sur la situation. Il m'adresse un signe d'encouragement en serrant les deux poings sur sa poitrine.

Je descends à l'étage de l'administration en résistant à la tentation d'échafauder des scénarios d'horreur. Je stoppe devant le bureau de la directrice. Le balayeur qui arpente le corridor n'avait pas prévu ça et, bang! c'est la collision.

— Pardon, bredouille-t-il, ahuri.

Il repart en décrivant de longues spirales d'homme ivre. Je l'ai sonné, je crois. La porte est ouverte. Mon pouls s'accélère.

Vêtue d'un tailleur noir et d'une blouse blanche à boutons d'écaille, la directrice ressemble à une pingouine. Elle m'apostrophe de sa voix perçante.

— Devines-tu pourquoi je t'ai convoqué?

J'ai les tripes qui gargouillent.

— C'est un nouveau quiz? Il y a combien de prix à gagner?

— Épargne-moi tes farces plates. Le
plagiat est un délit grave. Je ne cède pas,
moi, sur les principes qui…

— Je ne comprends pas ce que vous
racontez, madame.

— As-tu fini tes calculs?

— Quoi?

— Combien t'a rapporté la vente des questionnaires? Et, je t'en prie, n'essaie pas de me mentir!

Les globules rouges se mettent à bouillonner dans mes veines.

— Vous m'accusez d'avoir vendu… Ah! vous me connaissez mal, madame. Je n'ai pas l'habitude de faire mes coups en cachette!

— Ces arguments-là ne valent pas cher la tonne, Jean-Philippe. Tu n'en es pas à ton premier écart de conduite et tu…

— J'ai eu soixante-quinze dans l'examen de grammaire! Vous expliquez ça comment, vous? Pour un tricheur, soixante-quinze, ce n'est pas un exploit!

Son regard me cloue sur place.

— Ça ne fracasse aucun record, je l'admets, mais c'est habile parce que ça t'a permis de détourner les soupçons. Provisoirement, en tout cas…

— Les deux tiers des élèves ont eu cent, madame!

— Et alors?

— Si j'avais organisé l'affaire, j'aurais été assez brillant pour limiter le nombre de questionnaires en circulation. La prof de français ne se serait aperçue de rien. Inonder le marché, c'est stupide!

Ma franchise l'a ébranlée. Son fauteuil se met à grincer.

— Tu veux quoi, Jean-Philippe? Une mauvaise note dans ton dossier?

Quel dossier? J'en ai déjà un à la police, un autre chez la travailleuse sociale… Ça doit encombrer les classeurs, tous ces dossiers!

— J'aimerais mieux que vous me donniez une bonne taloche et qu'on n'en parle plus!

Je suis surpris de m'entendre lui répondre une chose aussi énorme. Elle se crispe, étouffée raide. Je l'ai scandalisée. Je la vois devenir blême. Idéal comme camouflage! Une pingouine blême se confond naturellement avec les banquises.

— Décampe! Tu n'es qu'un insolent! Je n'ai pas à tolérer ton arrogance de jeune voyou!

— Écoutez, madame, vous m'accusez de…

J'entends son bec qui claque.

— Débarrasse! Je ne m'attendais pas à ce que tu arrives en avouant tes fautes,

mais de là à ce que tu braves mon autorité, il y a une limite!

Ce serait superflu d'insister. Pourtant, je n'ai pas fait trois pas dans le couloir qu'elle me rattrape.

— Si ce n'est pas toi le coupable, je suis convaincue que tu sais qui c'est.

Je me dégage de son emprise et fonce, tête baissée, vers le vestiaire. Craintif, le balayeur se tasse contre le mur. Mon humeur est trop massacrante et je suis trop bouleversé pour revenir en classe.

Les employés ont empilé sur un banc quelques matelas de gymnastique. J'en retire un du lot et je m'en sers comme *punching-bag*. Ça soulève des poussières qui scintillent dans la lumière de la fenêtre.

Je sors tous les jurons que je connais. Ça libère de la tension, pas assez toutefois pour me soulager.

Je déteste me sentir victime des circonstances. Le rôle de victime me répugne.

Entre deux aboiements, les chiens se râpent le nez sur le trottoir pour ne pas avoir à supporter la puanteur de l'air. Y a-t-il une panne à l'usine de filtration? J'ai l'impression que c'est plutôt l'autorité de la directrice qui se propage à l'extérieur de l'école.

Un automobiliste klaxonne. Je traverse l'intersection trop lentement pour lui. Très bien, reste avachi dans ton tacot, je vais te faire languir encore plus!

— Les maladies nerveuses, ça se soigne, crétin!

Aussitôt entré dans le centre commercial, je plonge vers les téléphones, sors ma monnaie et compose le numéro de Robert.

Quoiqu'il n'ait aucun lien de parenté avec moi, Robert est mon frère aîné. Profession: détective privé. Activité bénévole: membre des Grands Frères. La travailleuse sociale me l'a déniché pour qu'il exerce une bonne influence sur moi. À mon avis, elle ne s'est pas trompée.

— Allô!

Le cellulaire déforme sa voix. Il ne peut pas me parler longtemps, m'avertit-il, il est sur une filature. J'entends en effet ronronner le moteur de son auto.

— Je m'occupe d'un bijoutier qui a la phobie des attaques à main armée. Il se promène souvent avec des pierres précieuses dans sa serviette. Depuis une semaine, il est sûr d'être suivi. Je vérifie s'il a raison. Et toi, ton examen de grammaire?

— Ça n'a pas été les gros chars, mais il y a des catastrophes pires que ça. La directrice m'a…

— Oups! je dois te laisser, mon client grimpe dans un taxi. Rappelle-moi pour me parler de ce qui te tracasse.

«Rappelle-moi, rappelle-moi…» Est-ce qu'il s'imagine que j'ai les moyens de dépenser mon allocation hebdomadaire dans les téléphones publics!?

Le centre commercial est un bon endroit pour réfléchir. La cohue des clients, les chariots qui font un bruit de ferraille sur les dalles, la musique quétaine qui ruisselle des haut-parleurs, tout ça me soûle et m'aide à me détendre.

Je m'accroupis sur un banc. Une fillette vient s'affaler à mes côtés. Elle étreint un poupon en plastique et, les yeux dans le vague, lui lèche le crâne comme si c'était un sorbet à l'ananas. Au bout d'un quart d'heure, je me lève pour retéléphoner à Robert.

— Il est parti manger, m'indique sa secrétaire.

— Si je le rappelle dans une heure, il sera rentré digérer, je suppose?

Elle pouffe. Je pouffe aussi. C'est si drôle que ça? Je fais comme si ma blague était intentionnelle.

Il me reste de l'argent pour m'acheter un hot-dog. Moutarde, chou, relish, ketchup. Je n'en mange que la moitié. J'ai un motton dans la gorge. Un motton sec.

L'angoisse me coupe l'appétit. Oui, l'angoisse. Appelons les choses par leur nom.

Chapitre III
Pauvre cruchon!

Je rejoins finalement Robert. On se donne rendez-vous ici même ce soir. Est-ce que je vais poireauter tout l'après-midi dans le centre commercial? Robert me suggère de retourner en classe. Sage décision. Attiser la colère de la directrice ne m'attirerait que des ennuis supplémentaires.

À l'école, personne ne me pose de questions sur mes deux heures d'absence. Après ce que j'ai enduré ce matin, l'administration va probablement passer l'éponge.

La récréation arrive. Je m'embusque derrière la rangée des cases. J'attends que le Thon soit à ma portée pour l'intercepter et l'entraîner à l'écart. Son parapluie tombe par terre.

— Mets-y moins d'ardeur, Phil, mes coutures sont faibles!

— J'ai oublié de te féliciter pour ta

note. Bravo, bravo! La grammaire n'a plus de secrets pour toi.

— Es-tu jaloux?

— Ça me surprendrait d'en faire un complexe… Explique-moi comment tu t'es arrangé pour avoir cent pour cent.

— Il n'y a rien à expliquer. C'était de la magie. Mon crayon devinait les réponses au fur et à mesure.

— Ton crayon a triché à ta place?! Me prends-tu pour une valise?!

— Mon crayon n'a pas triché, Phil! Tu n'as pas le droit de…

— Et la main qui poussait le crayon, elle n'a pas triché, elle?

Par mégarde, je marche sur l'armature du parapluie. Crich, crich! font les baleines de métal. Un accroc apparaît dans la toile.

— Oh! gémit William.

— Grouille-toi, on n'a pas une éternité!

J'ignore si c'est parce qu'il a peur que je me fâche, mais il passe subitement aux aveux. La veille de l'examen, Bruno Robin lui a vendu une photocopie du questionnaire.

— Hum… C'est ça qu'il voulait me proposer, l'autre matin, le Robin des bécosses!

— Vous avez tort, toi et Max, de l'appeler comme ça. C'est plutôt une espèce de Robin des Bois.

— Belle naïveté… Elle t'a coûté combien, la photocopie?

— Une bagatelle. Je l'ai négociée pour cinq bâtons.

Pour William, cinq dollars, c'est une fortune. Ses parents ont fait faillite il y a un an. Ils avaient une boutique de vêtements et la concurrence les a ruinés.

— Tu les as pris où, tes cinq bâtons?

— Je gagne de l'argent de poche en lavant des vitres la fin de semaine. Écoute, Phil, sur la feuille que j'ai achetée de Bruno, il n'y avait que les questions. Les réponses, c'est quand même moi qui…

— Tu as eu une journée pour les trouver, pauvre cruchon, une journée entière!

Malgré mon exaspération, je garde en dedans de moi mon dictionnaire d'insultes.

Ce n'est pas facile!

— Tu mériterais de te faire garrocher des tomates!

— Pourvu qu'elles ne soient plus dans la boîte de conserve…

— Il n'y a pas de quoi rire, le Thon! La

36

directrice m'a mis toute l'affaire sur le dos, figure-toi!

— Ah! c'est pour ça que…

— Toi et ton complice, ça ne vous est pas venu à l'esprit que, devant l'étendue des dégâts, il y aurait une enquête?!

— Je ne suis pas le complice de Bruno!

— Il n'a certainement pas planifié ça tout seul! Il lui manque trop de fusibles dans le ciboulot!

— Je… M'as-tu dénoncé à la directrice?

— Tu me prends pour qui!? Un porte-paquet?! Une poule mouillée?! Elle m'a fait perdre mon sang-froid, mais pas mon code de l'honneur! Je ne suis pas du style à me défiler quand les choses se corsent.

Il me dévisage, penaud.

— Je te remercie, Phil.

— Si tu te fais coincer, par exemple, ne compte pas sur moi pour voler à ton secours.

— Aucun danger!

— Ferme-toi la trappe! Chaque fois que tu l'ouvres, tu te cales!

William arrondit les yeux. Ses pupilles se dilatent. Je me retourne, prêt à bondir. Bruno Robin est là qui me toise. En m'agrippant par le collet, il me pince la pomme d'Adam. Je riposte en lui donnant un coup de genou dans le bas-ventre.

La cloche retentit.

Bruno retourne en classe plié en deux. Moi, je flâne, je ne me dépêche pas… Je joue à celui qui maîtrise ses émotions, sauf que ça remue en diable à l'intérieur!

Dans le cours d'anglais, la remplaçante nous fait écrire vingt lignes sur un thème au choix. Mon texte parle de l'origine des arts martiaux. Même s'il s'agit d'un sujet que je connais bien, j'ai toutes les peines du monde à me concentrer sur la rédaction.

Bruno Robin remet sa copie un quart d'heure avant la fin de l'exercice.

— La tête me fend, grimace-t-il à la remplaçante dans le but d'obtenir la permission de quitter la classe.

Quel acteur! On jurerait qu'il est en train de râler son dernier râlement. Avant de refermer la porte, il se retourne et me montre le poing. Je me demande s'il ne m'attendra pas dans la rue pour me casser la gueule.

J'ai déjà été plus pressé de partir, je l'avoue.

Une fois dehors, j'examine les environs. Pas de Bruno nulle part. Peut-être est-il assez humilié pour me ficher la paix… Ne rêvons pas en couleurs.

Jasmine est encore à la maison. Si je me fie aux bribes que j'attrape, maman essaie de coupler son amie fleuriste avec le cuisinier du restaurant. C'est bien maman, ça! Elle n'a personne dans sa vie, mais elle adore se mêler de celle des autres. Elle devrait fonder une agence de rencontres!

Mon kimono est accroché à la tringle du rideau de douche. Je m'y enfouis la figure. Le tissu sent le propre. J'aime mieux que le linge soit étendu dans la salle de bains que dehors. J'ai horreur de voir mes sous-vêtements gigoter sur la corde du balcon. Nos voisins n'ont pas besoin de connaître le degré d'usure de mes caleçons!

Je déchire une feuille d'assouplissant et je l'expédie dans la sécheuse avec mon kimono.

— Ménage l'électricité, me crie maman, ne mets pas la chaleur au maximum!

Elle a son ton de mère et gronde comme mon walkman quand les piles sont sur le point de flancher. Comment voulez-vous, dans ce contexte-là, que je lui parle de mes emmerdements? Je préfère aller méditer dans ma chambre.

Le mobilier se réduit au minimum. Un lit, une chaise, une commode et un coffre de bois qui est une antiquité.

Avec de la gouache, j'ai gribouillé sur mon store des lunes, des étoiles, des squelettes… Des cartes géographiques et des affiches de cinéma sont fixées au mur par des punaises.

On n'est pas riches. Avant d'être serveuse, maman a été un an en chômage. À l'époque, on en a arraché. J'en veux à mon père de nous avoir abandonnés. Je n'ai aucun souvenir de lui.

Pas une photo, pas même un négatif.

Le néant!

J'ai un côté solitaire. Le problème, c'est qu'il ne me reste presque plus de temps. Vous en voulez la preuve? Toc! toc! ça cogne à la porte de ma chambre. C'est Max avec son sac de gym qui passe me prendre pour le cours de judo.

— Je plie mon kimono et je suis prêt. Maman t'a présenté Jasmine?

— Une comique! C'est la première fois qu'elle me voit et elle me dit que j'ai grandi!

Comme on n'a pas eu l'occasion de se parler depuis ce matin, je lui fais le récit de ma conversation avec la directrice et de ma discussion avec William. Max se masse le menton.

— Je comprends pourquoi le Thon flottait sur un nuage après l'examen!

— Il était au septième ciel!

— Est-ce qu'il va se dénoncer pour te sortir du pétrin?

— Je serais étonné... De toute façon, William est un petit poisson dans cette histoire! Le gros poisson, c'est...

— Bruno Robin!

— Ça, Max, je n'en suis pas si sûr!

Chapitre IV
Temps de canard

Romain, le moniteur de judo, attend son procès pour une affaire de vols de pianos que Robert a élucidée. D'après son avocat, le juge va le condamner à rendre des services aux gens du quartier. Il a commencé en nous offrant un cours gratuit à Max et à moi.

Je raffole du judo. En quatre leçons, les progrès que j'ai faits sont extraordinaires. Comme de raison, Max est meilleur que moi. C'est un sportif-né. Je l'admire pour ça. Il rêve d'aller aux Jeux olympiques et d'y rafler tout un assortiment de médailles.

— Tu forces juste des oreilles! lui lance Romain.

C'est pour le provoquer. Il sait que Max a du mal à dompter son agressivité.

— Je t'en supplie, Max, ne te laisse pas influencer. Romain cherche à te...

— Au lieu de placoter, concentre-toi

donc sur les mouvements que je t'ai montrés, Phil.

Je redouble d'ardeur. Max m'envoie au tapis une vingtaine de fois. Je ne me plains pas. Il n'a pas beaucoup de mérite, remarquez. Après ce qui s'est produit à l'école aujourd'hui, je n'ai pas l'esprit au judo.

Romain a imprimé trois cents dépliants pour la session de jiu-jitsu qu'il offre cet hiver. Max et moi, on va les mettre dans les pare-brise.

Ça exige une heure de travail et on reçoit trois dollars chacun. Le salaire est honnête. Je ne pense pas que Romain nous exploite.

Notre technique est simple. Je soulève l'essuie-glace et Max glisse le dépliant en dessous. À tour de rôle, on transporte le sac qui contient les dépliants. C'est ça, la véritable corvée! Après cinq, six rues, on s'adosse à un abribus pour souffler un peu. On parle du tournoi de conjugaison.

— Tu sais, moi, les verbes…

Max est quand même fier de faire partie de l'équipe Yves-Thériault. Il a entendu dire qu'Yves Thériault était un écrivain qui aimait le sport. La conversation dévie sur la tricherie à l'examen de grammaire.

— Le gros poisson, ça ne peut pas être Bruno Robin. Il n'a pas les nageoires assez résistantes, il…

— Ça te tracasse, hein?!

— C'est moi que la directrice a accusé, Max! Es-tu capable de comprendre ça?!

— Tu as raison. Bruno est trop nono pour avoir monté un coup pareil.

Je consulte ma montre. Il faut que je décampe. J'ai rendez-vous avec Robert dans dix minutes et il reste au moins une centaine de dépliants à distribuer.

— Je m'en charge, Phil, ne te ronge pas les sangs.

Je propose à Max de lui rembourser un dollar sur la somme que Romain nous a remise.

Il refuse net. Très bien. Je lui revaudrai ça en lui achetant une ou deux tablettes de chocolat.

— As-tu mangé? me demande Robert en m'accueillant dans le hall du centre commercial.

— Je n'ai pas eu le temps. Toi?

— Moi non plus… Un souvlaki?

— J'ai le moral à zéro. Je ne sais même plus si j'ai faim.

— Ne bouge pas, Phil. Je vais chercher de quoi nous remplir l'estomac.

Il revient avec un jus de raisin, un cappuccino et deux souvlakis. Dans le mien, il y a l'équivalent d'une gousse d'ail. Le café est bouillant. Robert boit une gorgée pour ne rien renverser en s'assoyant. Les larmes lui embuent les yeux.

— Pleures-tu sur mon sort?

— Je me suis brûlé la langue. Je note que tu n'as pas perdu ton sens de l'humour. À présent que tu t'es moqué de moi, Phil, vas-y, raconte-moi ta mésaventure. Je suis tout ouïe.

— Ouï?

— Quand j'étais aux études, on avait cinq sens: le toucher, l'odorat, le goût, la vue…

— … et l'ouïe avec un *i* tréma et un *e* muet. Rassure-toi, il y en a toujours le même nombre. Le ministère de l'Éducation n'en a pas encore supprimé un du programme!

Je me lance dans mon récit.

— Après l'examen de grammaire, on a jasé dans le vestiaire, moi et William, et…

— William et moi…

— Si tu m'interromps, Robert, on en a jusqu'à minuit!

Je récapitule les événements en clarifiant ce qui semble abracadabrant. Robert sirote son cappuccino et il m'écoute, docile, intéressé. Je garde pour la conclusion ma prise de bec avec la directrice.

— Il y a des moments où on a le droit de se défouler.

— Ça s'appelle des circonstances atténuantes. Elle t'a cru, la directrice?

— À moitié.

— Tes anciens écarts de conduite jouent contre toi. Je pense au sabotage des autobus scolaires, au saccage du cagibi de la fanfare…

Il vide sa tasse et la dépose sur le banc. Il aurait pu se dispenser de ces allusions. Pourquoi me reprocher des incidents qui remontent au déluge?

— Les étourderies du genre, Phil, ça marque le front pas mal plus que l'élastique d'une casquette.

— Lâche tes proverbes! Essaies-tu de plaider pour la directrice? Ça ne me tente plus de jouer les durs, imagine-toi! J'ai changé depuis que je te connais. Les enfantillages, ça ne me dit plus rien. J'ai d'autres moyens de me distinguer.

— Je l'ai constaté.

— Tout le monde l'a constaté, sauf elle!

— Ne sois pas aussi susceptible. Laisse-lui une semaine pour mener son enquête.

— Elle va brouiller toutes les pistes avec ses grosses pattes! Elle est juste bonne à imposer ses quatre volontés, elle… Tu… Pour m'innocenter, je…

— Il est où, le mystère? Le coupable paraît facile à identifier. C'est Bruno Robin.

— Oui, Robert, mais ça ne me dit rien sur la manière dont il a fait le coup. Ma théorie, c'est qu'il a un complice. Un complice pas mal plus dégourdi que lui. Agrafer le premier coupable venu et se taper les cuisses de satisfaction, c'est bébête, c'est…

— Tu…

— Ce n'est pas à un détective perspicace comme toi que je vais expliquer ça!

Robert pourrait se sentir insulté. Au contraire, il rit dans sa barbe. Ça tombe bien parce qu'il a oublié de se raser ce matin.

— Quand tu te démènes pour essayer d'être logique, Phil, ça me plaît. Tu proposes quoi comme stratégie?

— La rumeur qui court, c'est que quelqu'un s'est introduit dans l'imprimerie et a piqué le questionnaire. Ça demande de la débrouillardise. C'est pour ça que j'élimine Bruno Robin. Je veux découvrir qui est ce voleur. Il a dû laisser ses empreintes digitales.

— Les siennes parmi des milliers! Inutile d'étrenner une loupe pour déceler ça. Le truc des empreintes ne fonctionne que dans les romans policiers anglais. La serrure a été abîmée?

— Non.

— Qui possède la clé?

— Les profs, les adjoints pédagogiques, les…

— Bref, les trois quarts du personnel… On s'égare. À ce stade, il n'y a qu'une façon de procéder et ça consiste à interroger ton Bruno. Demain, tu iras lui tirer les vers du nez. Fais-toi assister par Max.

— Et si on n'aboutit à rien?

— Alors, je t'apporterai mon aide.

— Promis?

— Promis, Phil! Promis, juré!

Robert ne me prend pas en pitié. Au fond, j'apprécie ça. Il m'offre de me raccompagner en voiture à la maison.

— Je préfère marcher pour m'aérer les idées.

— Tu es drôle, toi…

Des nuages sombres bloquent l'horizon. L'air du crépuscule est si humide que je me demande si mes narines ne gondoleront pas comme du carton. Des éclairs zèbrent le ciel. L'averse éclate.

J'accélère le pas. Une vitrine me renvoie mon image. Les gouttes rebondissent sur la visière de ma casquette et s'agglutinent à mes vêtements. J'ai été idiot de ne pas accepter l'invitation de Robert. À part les chiens qui promènent leurs maîtres, il n'y a personne dehors.

Je rentre, trempé jusqu'à la moelle des os. Maman se coiffe. Elle a des épingles à cheveux dans la bouche. Ce n'est pas le moment de la faire sursauter. Elle risquerait d'en avaler une. Les épingles à

cheveux vertes ont-elles une saveur de menthe?

— *Mais-moi moumer un main!*

— Pardon?

— Fais-toi couler un bain, répète-t-elle après avoir recraché les épingles, et étends tes vêtements mouillés.

Je m'emmitoufle dans ma robe de chambre de ratine. Mes dents font les castagnettes.

— Tu dois couver une grippe. Tu as la chair de poule, Jean-Philippe, tu es brûlant.

Elle retire le thermomètre de l'étui et me le glisse sous la langue. Cinquante, cinquante-cinq, soixante secondes. Elle ferme un oeil pour discerner la petite bulle de mercure. J'essuie la salive qui dégouline dans mon cou.

— Vas-y, maman, fais-moi mon bulletin météo.

— Tu as de la fièvre. Je te prépare une citronnade.

Je pousse un soupir.

— J'ai l'impression que quelque chose te préoccupe, toi.

Quand elle s'adresse à moi sur ce ton, je sais que c'est parce qu'elle désire être rassurée. Par conséquent, je maquille légèrement la vérité.

— Il y a eu un petit problème à l'école. Je me suis disputé avec quelqu'un.

Il est hors de question de lui révéler que ce quelqu'un est la directrice.

— Disputé ou chamaillé?
— Disputé!
— À quel propos?

— Le… La… Les moeurs des pin-
gouins!

— C'est ce qui t'a mis sens dessus
dessous?!

— Ah! maman, la quantité de poissons
vivants que ça dévore, ces oiseaux-là, c'est
inouï!

— Délires-tu?!

Chapitre V
Attention aux microbes!

J'ai les muqueuses à vif. Ça tiraille et c'est carrément souffrant. Ouf… La pluie d'hier était malsaine. Je sors de la clinique. Maman m'aurait accompagné, mais aucune de ses amies serveuses ne pouvait la remplacer. Elle a téléphoné à la clinique pour prévenir la réceptionniste que j'irais seul, puis elle m'a remis un billet de vingt dollars.

— C'est pour les médicaments, Jean-Philippe. N'oublie pas de me rapporter la monnaie.

La confiance règne!

À la pharmacie, la plaque d'aluminium du comptoir d'ordonnances est une sorte de miroir. Avec mes cernes, mon teint de cadavre et mes yeux exorbités, je vous jure que je fais pic. Pic? Non, je fais plutôt ouaouaron. Je bouge les paupières et c'est comme si un bandeau de laine d'acier me comprimait le front.

Je règle la facture et, en me baissant pour lacer ma chaussure, j'aperçois soudain dans le faux miroir la silhouette de Bruno Robin.

Je me retourne. Non, je n'ai pas d'hallucinations. Il est là, le tas! Il essuie tranquillement ses verres fumés avec un pan de sa chemise. Lui aussi a pris congé de l'école. Je rampe derrière une pyramide de boîtes de kleenex pour l'observer à son insu.

Il bavarde avec le frisé qui, un mégot collé aux babines et les ongles tachés d'encre, répare le photocopieur. Ce gaillard-là, je l'ai déjà vu quelque part. Je suis trop loin. Je n'entends pas ce qu'ils complotent. J'étudie leurs mimiques, je me creuse les méninges, mais l'essentiel m'échappe.

Dommage que Max ne soit pas ici, lui qui est capable de lire sur les lèvres. Bruno Robin sort une liasse de petites coupures que le frisé fourre dans un portefeuille identique à ceux que les anciens détenus vendent dans le parking du centre commercial. Ils se saluent et Bruno prend la poudre d'escampette.

Je ne bronche pas pendant trente secondes, puis c'est à la vitesse d'un superbolide que je me propulse dehors. Quand j'atteins la zone des parcomètres, le blouson de daim s'est fondu dans le décor.

Aucune importance... Une camionnette beige est garée dans la ruelle de la pharmacie. Je lis sur cette camionnette: RÉPARATION DE DUPLICATEURS ET D'IMPRIMANTES. J'enregistre mentalement l'adresse et le numéro de téléphone. C'est dans le secteur nord.

Maintenant que j'ai consulté le médecin, je me sens moins malade. Le soleil m'éblouit. Je décide de prendre le métro et de filer en exploration dans le nord de la ville. Je veux voir de quoi a l'air la compagnie pour laquelle travaille le frisé.

Les portes s'ouvrent. Sur le quai, les passagers se bousculent sans laisser descendre ceux qui arrivent à destination. C'est illogique. Pour ce qui est du confort, mieux vaut occuper un espace vide qu'un espace plein. À moins d'être un poussin...

Anna est debout au fond du wagon. Un hasard! Elle me sourit. Je me décarcasse, je me désâme pour me frayer un passage parmi les voyageurs.

— Reculez! J'ai une mouffette dans mon manteau.

Les nez se plissent et les badigoinces se pincent. Anna n'en revient pas de la facilité avec laquelle je fends la foule. Je franchis la distance en huit secondes virgule cinq. Prodigieux! Applaudissez, applaudissez!

Elle m'embrasse sur une joue, tente de m'embrasser sur l'autre, mais le wagon cahote et elle me mord la lèvre. Mon coeur bat fort, fort, fort. Je suis tout chaviré.

— Attention aux microbes! J'ai une laryngite. C'est pour ça que je ne suis pas à l'école.

J'ai le goût de crier au monde qu'Anna est la copine de Robert (donc, ma grande soeur), qu'elle a un diplôme en pharmacie, qu'elle chante dans une chorale, qu'elle est gentille, qu'elle m'a offert en cadeau un splendide walkman…

— Une laryngite? Ça paraît dans ta voix.

Je lui montre mon tube d'antibiotiques.

— Avec ces capsules, ta guérison est assurée. Pour qu'elles soient efficaces, respecte la posologie.

— Le médecin m'a averti.

Anna est au courant de mes récents ennuis. Robert lui a raconté les péripéties qui ont entouré l'examen de grammaire. Je lui confie comment hier, à la récréation, en voyant Bruno Robin se pavaner, j'ai failli lui tordre le cou.

— Ça me démangeait! Je me suis contenté de le bousculer.

— Robert, lui, c'est un de ses collègues de bureau qu'il aurait souhaité étrangler.

— Quand, ça? Tout à l'heure? Un détective?!

— Il t'expliquera. Toi, sans indiscrétion, tu vas où?

Je lui parle de la scène dont j'ai été témoin après avoir payé mes antibiotiques, de la camionnette beige qui ne peut appartenir qu'au frisé…

— Réfléchis, Phil. Te rendre à cette adresse ne t'apprendra rien de plus. Tu as déjà en main tous les éléments pour résoudre ton énigme.

— C'est que…

— Je te conseille de rentrer chez toi. Le meilleur remède contre les microbes qui te grignotent, c'est de te changer les idées. Plus vite tu cesseras de te tourmenter, plus vite tu seras d'aplomb. C'est normal que tu aies somatisé, c'est…

— *Somatiquoi?*

— La moitié de ta laryngite a été causée par la pluie. L'autre moitié vient des accusations de la directrice que tu rumines à n'en plus finir. On est d'accord là-dessus?

— Ce matin, j'ai consulté le dictionnaire. Tyran est un mot qui n'a pas de féminin. Ça m'agace, Anna. Ça m'agace parce que la directrice est vraiment une tyranne.

— Allons, allons, retourne te reposer. Si Robert se manifeste au cours de la journée, je lui demanderai de communiquer avec toi.

— Tu lui feras la commission?

— Oui, Phil... Excuse-moi, je sors ici. Mon boulot m'attend. J'aime la couleur de ton pull. Le bleu foncé te va à merveille!

Je reste là, bouche bée. Je ne sais jamais comment réagir aux compliments. À la station suivante, je rebrousse chemin pour rentrer chez moi et attendre le coup de fil de Robert. Mais je passe par le restaurant, je tiens à donner à maman des nouvelles de ma santé.

— Enfin, te voilà, je commençais à être désemparée. Tu étais censé m'appeler en sortant de la clinique.

— Désolé, j'ai oublié. Le médecin m'a recommandé de prendre ça mou. Euh… Je me suis promené.

Pas question de lui révéler quoi que ce soit sur ma balade en métro!… Avant de quitter le restaurant, je me rends aux toilettes pour me laver les mains. Le savon liquide a un parfum de framboise sauvage.

Je traîne dehors. Happé par la fatigue, je dois m'asseoir dans l'escalier d'un immeuble pour ne pas m'écrouler. Je frissonne comme un jello. J'ai joliment bien fait de ne pas monter dans le nord.

Il y a un mois, me voyant rappliquer au milieu de la journée, le beagle des voisins aurait jappé.

— Ils l'ont amené chez le vétérinaire pour l'endormir, m'a expliqué maman. Il était estropié, il était obèse, il était vieux…

— Ils l'ont tué!? Il n'était pas vieux, il avait mon âge! Endormir… La mort est un bizarre de sommeil, tu ne trouves pas?!

La semaine dernière, j'ai emprunté à la bibliothèque un volume illustré qui compare la longévité de divers animaux de la planète. Je l'apporte dans le lit avec mon sac de biscuits et mon litre de jus de pamplemousse.

Le beagle des voisins aurait pu, selon les auteurs, se la couler douce pendant encore trois ans! Le corbeau vit en moyenne soixante ans. L'esturgeon, cent vingt. Le pingouin? Je n'ai pas lu le chapitre sur les animaux marins. Par tempérament, est-ce que je suis plus proche du corbeau que de l'esturgeon?

J'enfourne huit, dix, douze biscuits. Les lignes du texte deviennent pâteuses. Engourdi par les médicaments, je bâille à chaque page et la paresse envahit mon corps. «Tu vas te déboîter la margoulette», dirait maman. Ma nuque s'appesantit sur l'oreiller.

Je fais un cauchemar dans lequel j'arrive en retard à l'examen de grammaire. Des soldats m'empêchent d'entrer dans la salle. Par le carreau, je vois Bruno Robin assis à mon pupitre. Il ricane en haïssable. Je tente de déjouer la surveillance des sentinelles et je me perds dans un labyrinthe d'escaliers. J'ai le vertige. Je suis hors d'haleine.

Je me répète que ce n'est qu'un rêve pénible, que je n'ai qu'à ouvrir les yeux pour émerger du tourbillon des images. Au moment où je vais réussir, la cassette

vidéo se détraque dans ma tête et je suis réenglouti.

Finalement, ça me picote dans le dos. J'éternue et ça me réveille. Quand on mange au lit, les miettes qu'on sème irritent la peau. Bah! je suis trop fatigué pour secouer les draps.

J'ai dormi cinq heures exactement. Une traite, ça!

Aïe! je m'aperçois que j'ai débranché le téléphone. J'espère que Robert ne s'est pas enragé à refaire cent cinquante fois mon numéro. J'appelle d'abord à son appartement. Ça sonne dans le beurre.

À l'agence, je tombe sur le répondeur.

Je laisse un long message et je me recouche.

Chapitre VI
Marchandise avariée

Même si je crache des grumeaux de pus, ma fièvre s'est éteinte et je n'ai plus de raison de rater mes cours. À huit heures, le téléphone sonne. C'est mon grand frère.

— Je regrette, Robert. Hier, je n'étais pas dans mon état normal et j'ai dû débrancher sans m'en…

— Ne t'inquiète pas. Anna m'a raconté la scène à laquelle tu as assisté à la pharmacie. J'ai effectué quelques recherches et les indices que tu m'as apportés m'ont orienté vers…

— Tu as du solide?

— Oui… On peut se rencontrer au centre commercial à midi?

— Bien sûr! Euh… Il paraît que tu veux étrangler quelqu'un du bureau?

— Tu sais, Phil, le bijoutier qui m'a engagé pour que je le surveille, eh bien! il n'est pas si paranoïaque que ça.

— Il est réellement suivi?

— Oui.

— Tu as repéré par qui?

— Par Mario, un gars de chez nous! Chaque matin, les détectives font ensemble le sommaire des enquêtes en cours. Ça évite de se court-circuiter les uns les autres. Mario a manqué deux réunions de suite et il a négligé de nous mentionner qu'il avait un contrat avec le propriétaire de…

— Un contrat?

— Le propriétaire de la bijouterie soupçonne son associé de piquer du stock dans les voûtes du magasin.

— Son associé, c'est ton client?!

— En plein ça… Oh! voici Mario… Salut!

Je n'ai pas aussitôt raccroché que ça sonne de nouveau. C'est Carmen qui s'informe de ma santé.

— Attends-moi. On va marcher jusqu'à l'école.

Cinq minutes plus tard, j'entends ses pas sur le perron.

Elle a un sac de toile neuf qui fait penser à une cornemuse. Il est rempli de cahiers et de partitions.

— Lourd?

Elle me le catapulte dans les bras. Arrivé sur le trottoir, je m'arrête et je lui rends son sac.

— Ça m'étonnerait que tu reçoives le prix de galanterie cette année, rouspète-t-elle en se passant la courroie autour du cou.

— Il y a une marge entre être galant et être chargé comme le mulet d'Ali Baba! Ma maladie a beau être psychosomatique, je me sens encore fragile.

— Psychosomatique… Essaies-tu de me montrer l'étendue de ton vocabulaire?!

Je hausse les épaules. Puisque sa note en grammaire est un sujet tabou, on parle plutôt du tournoi de conjugaison. Elle m'énumère les ruses qui devraient nous permettre de conserver le championnat.

— Un: laisser les questions simples à Gus!

Gus est l'élève faible en français qu'on a dû intégrer à l'équipe. Pas besoin d'avoir le flair de Sherlock Holmes pour deviner que, malgré toutes les tactiques qu'on pourrait élaborer, Gus va s'effoirer dans les subjonctifs!

— Deux: se garder en banque assez de

jetons blancs pour racheter les erreurs.

— Crucial, ça!

— Et, dans le sprint, décrète Carmen, tâcher d'être vite sur le piton!

Les murs délabrés d'un hangar arborent des graffiti pornos. Des échafaudages sont dressés devant un édifice en reconstruction. Perché sur le couvercle d'une poubelle de tôle, un chat tigré nous miaule un bonjour rauque et langoureux.

— Mi-a-ou-ou, lui susurre Carmen.

Le chat se fige, la queue en point d'exclamation.

— Il n'est pas né dans le coin, ce minou. Il a un accent trop snob pour le quartier. Mi-a-ou-ou, mi-a-ou-ou.

Elle n'a pas tort. Le chat pourrait, par exemple, s'être évadé d'une des résidences bâties au sommet de la montagne… Les prisons dorées, ça existe!

En classe, la place de Bruno est vide.

Quant à William, il fuit mon regard. Il a collé sur sa tuque un macaron sur lequel il a écrit MARCHANDISE AVARIÉE au crayon feutre. C'est du panache, ça! Les élèves sont crampés de rire. Je ne les blâme pas: le gag est réussi.

Lâcheté ou courage?

En se punissant lui-même, William tente d'éviter les sanctions qui pourraient lui tomber sur la tête.

Comme je l'avais anticipé, notre prof nous annonce que l'examen de grammaire est annulé. Plusieurs mains se lèvent.

— Il y aura une reprise, mademoiselle?

— Non, Carmen, il n'y aura pas de reprise. Pour compenser, le tournoi de conjugaison comptera en double.

Ça grogne un peu. En équilibre instable sur sa chaise, Max gesticule pour signaler qu'il n'a pas compris. La prof lui répète ce qu'elle vient de dire. Voulant traduire sa surprise, Max se frappe la mâchoire avec la paume, vacille, culbute sur le parquet. Il se relève, piteux, se tâte le coccyx, remonte sa ceinture…

— La nouvelle est accablante, ironise la prof, mais je ne pensais pas qu'elle provoquerait des évanouissements! Es-tu blessé, Max?

— Juste dans mon orgueil, mademoiselle…

En nous évaluant autrement que prévu, la prof se venge de ceux qui ont triché. Clair comme de l'eau de roche. Ça ne m'ennuie pas, moi, qu'elle réaménage le calendrier. Ça va améliorer ma note. Jusqu'à présent, j'ai été invincible en conjugaison.

Vous croyez que je me vante?

Si je ne me vante pas, qui va le faire à ma place?!

Midi. Je me précipite de l'autre côté de la rue. Mon grand frère apparaît quand j'entame la deuxième moitié de mon sandwich.

— Tu manges avec moi, Robert?

— Je... Mario m'a invité à la pizzeria pour que je lui pardonne sa gaffe.

— Vas-tu l'envoyer en vacances forcées?

— Non. En dépit de son inexpérience et de ses bévues, c'est un bon détective. Il a même un brin de génie. Le meilleur moyen de ne pas devenir trop tarte, c'est de fréquenter des gens intelligents.

Je bombe le torse.

— Oh! je comprends pourquoi tu me fréquentes!

— Ce n'est pas l'humilité qui t'étouffe, Phil!

— Je te taquine. Ton bijoutier, son cas est réglé?

— Mario a réuni les preuves pour l'incriminer.

— C'est donc un escroc?

— Il dépouille son associé depuis un an. Je lui ai dit qu'une urgence m'avait empêché de vérifier s'il était suivi ou non. Je lui ai conseillé de s'adresser ailleurs et je lui ai retourné son acompte par la poste. J'ai la conscience tranquille.

— Dur métier!

Il tend l'oreille à la musique diffusée par les haut-parleurs.

— Un blues sans harmonica, c'est un gâteau sans glaçage!

— Pourvu que ce ne soit pas un gâteau aux carottes…

— Toi, tu croques une carotte et tu as des boutons sur les orteils. Je connais tes allergies. Il est appétissant, ton sandwich.

— Dinde, canneberges, laitue, fromage. Ça ne sort pas d'une distributrice, c'est une création de maman.

— Tu as faim? La fièvre t'a lâché. Hier, je n'ai pas reconnu ta voix sur le répondeur. Ça m'a alarmé.

— J'étais épuisé, j'avais ma dose.

— Pour revenir à nos moutons, Phil, je sais où tu as déjà vu la face de ton frisé.

— Où?… À l'école, bien sûr! J'ai dû le croiser dans un couloir, puisqu'il gagne sa vie à réparer des photocopieurs.

— C'est un cousin de Bruno Robin. Même famille, même farine. On comprend facilement comment le scénario a pris l'envergure que…

— Le frisé est à l'imprimerie, il tripote dans une machine, ses yeux tombent sur le questionnaire de grammaire, il…

— Ça me semble l'hypothèse la plus plausible.

— Mmm, mmm…

— Voilà tout l'effet que ça te fait! Te rends-tu compte, Phil, que ce que tu as vu à la pharmacie t'innocente complètement?! C'est de la dynamite! Je t'avoue que je m'attendais à plus d'exubérance de ta part!

— Moi aussi… C'est pêle-mêle dans ma tête!

— De quelle façon on procède? Qui prévient la directrice? J'ai le nom du frisé dans mon carnet. Je te le transcris sur un papier et tu…

— Non, Robert, fais-le! Toi, tu es neutre. Depuis l'affaire des pianos, la directrice est en extase devant toi. Ah! s'il y avait une récompense pour la capture du coupable, je ne chanterais pas la même chanson.

— S'il y en avait une, Phil, je la garderais! Depuis le mois de septembre, il rentre si peu d'argent à l'agence que les araignées dorment dans les tiroirs.

— Quoi?!

— C'est une blague… On avait deux gros chèques dans le courrier de ce matin.

Autour de nous, les ouvriers installent les guirlandes des Fêtes.

— Noël s'en vient, Phil.

— Bah! ce n'est qu'un mauvais moment à passer.

Il se demande si je plaisante.

— Il faut que j'y aille, marmonne-t-il. Mario m'attend à la pizzeria. J'appelle la directrice dès mon retour au bureau.

Dans le parc, je remarque que la moitié du ciel s'effiloche en nuages pâles qui ont l'aspect de la mousse verte des piscines malpropres. L'autre moitié est lisse et turquoise.

Un avion traîne une banderole rutilante sur laquelle il est écrit: TES VERBES, PHIL, TES VERBES!

C'est loufoque, c'est…

J'ai la berlue. Je me frotte les yeux. Ce qui brille en lettres géantes, c'est: SUPERBES, VOS PHOTOS, SUPERBES! À l'extrémité de la banderole, il y a le *K* de Kodak. Ma foi, les capsules que je prends produisent des mirages! Anna aurait dû m'avertir, elle qui a inspecté le flacon!

Chapitre VII
S'empiffrer,
futur antérieur

— Ça va barder, Robin des bécosses,
ôte tes barniques!

Je regrette de ne pas pouvoir le gifler
avec un gant comme dans les films de
cape et d'épée. Je suis malheureusement
nu-mains.

Je l'examine. Il aurait besoin d'un sham-
pooing. Son col de chemise est empesé
par la crasse. À l'opposé, ses bottes sentent
le cirage frais.

J'essaie de le fixer droit dans les yeux,
mais c'est mon propre reflet que me ren-
voient ses verres fumés.

Ça me déconcentre.

Ce qui me déconcentre encore plus,
c'est qu'il tremble devant moi!

Après l'avoir harponné sur le trottoir,
je l'ai amené derrière la chaufferie de
l'école.

— Si je les ôte, ça va être le brouillard
total, Phil, et tu vas me démolir le portrait.

— Elles sont ajustées à ta vue?! Tu veux que je gobe ça?!

Il enlève ses lunettes et me les met à trois centimètres du nez. Le paysage devient flou.

— As-tu une solution à proposer? Une solution civilisée?

Bruno Robin s'ébouriffe la crinière et hennit comme un étalon. Ça fait frémir les franges de son blouson.

— La solution, Phil, c'est de se battre sans s'occuper de ça.

Je m'élance pour le plaquer contre la clôture. Il évite le coup, s'enfarge et s'affaisse au milieu d'une flaque. Il est K.-O. On n'a plus les duels qu'on avait! Les preux chevaliers peuvent se rhabiller!

Je lui tourne le dos et je m'efforce de

marcher en adoptant un rythme normal. J'ai envie de prendre mes jambes à mon cou. J'entre dans la classe deux minutes avant le tournoi. Carmen m'accueille en levant les yeux au firmament.

Le match s'amorce.

Les images de Bruno dans la boue me distraient des questions que la prof pose à l'équipe. Carmen me donne des coups de coude dans les côtes pour me ramener sur terre. Je suis muet, paralysé. À la pause, elle me touche le front.

— Réveille, tes pilules te gèlent la matière grise!

La deuxième manche se déroule rondement. Je cesse de me tracasser. Si Bruno Robin a honte de venir parader ici avec son jean crotté, ce n'est pas de ma faute.

La compétition est serrée et, à l'issue de la première demi-heure, nous menons par deux points.

— Force-toi un peu! Ça compte en double!

— Il n'y a rien de dramatique, Carmen, on va se reprendre dans le sprint.

Lorsque je regarde l'horloge juchée au-dessus du tableau, il ne reste plus que trente secondes avant la fin.

— Verbe *s'empiffrer,* futur antérieur, deuxième personne du pluriel.

De la petite bière, ça. Sans hésiter, j'appuie sur le bouton.

— Oui, Phil?… Réponse?

Noir. Trou noir. Pris au dépourvu, je bégaye et je sors le mauvais pronom et le mauvais auxiliaire. La gaffe, quoi! Carmen vient à ma rescousse avec le dernier jeton blanc en réserve.

— Vous vous serez empiffrés.

On remporte la victoire par un seul point sous les huées des équipes adverses. Très sportif, Max s'approche pour me féliciter.

— C'est plutôt toi qui mérites des éloges, lui dis-je. Tu as joué mieux que moi.

Je n'ai pas le coeur à me réjouir. S'empiffrer, futur antérieur. L'enfance de l'art! La prof nous interpelle, Carmen et moi.

— Je comprends que vous ayez le triomphe modeste. Pour vous, un résultat aussi bas, c'est presque une défaite. J'espère que vos déboires d'aujourd'hui vous rendront plus indulgents à l'avenir avec vos camarades moins doués.

— Je…

— Toi, Phil, la directrice veut te rencontrer.

Encore!? Tout me déboule sur la tête! Je fonce vers la porte. Les pupitres ont été tassés pour le tournoi, rien n'est à sa place et je bute contre une chaise. Sortie discrète. C'est moi qui prononce ces mots. Autant prendre les devants et ne pas paraître trop zozo!

La directrice a rangé au placard son costume de pingouine. Sa robe a un noeud de dentelle mauve à la taille.

— Assieds-toi. Ton ami détective m'a téléphoné. Je t'ai soupçonné sans motif valable, Jean-Philippe. Je suis navrée…

— Moi aussi, madame, je suis navré.

J'emploie un ton qui imite le sien. Elle fronce les sourcils. Elle se demande si je ne suis pas en train de contester son autorité. Hum… Elle médite à voix haute sur les vertus de la discipline, elle se lamente sur les désagréments de sa tâche, etc.

Je ne tique pas, je reste poli. De guerre lasse, elle me laisse partir. L'air frisquet de la cour me fait larmoyer.

— Ç'a été si épouvantable que ça?

— Quoi?! Non, Max, non… Elle m'a raconté sa vie.

— Mouche-toi, tu as la morve au nez. Une vraie cascade!

— C'est les restes de ma laryngite, im-
bécile!

Il n'insiste pas.

Là-bas, William déambule, enfermé
dans son silence. Il a sa tuque étiquetée
MARCHANDISE AVARIÉE. Je m'ennuie du
temps où il ne nous lâchait pas d'une
semelle. Je rumine ce qui m'est arrivé au
tournoi. Max sait ce que représente une
contre-performance. Lui qui pratique
plusieurs activités physiques, je suis per-
suadé qu'il devine ce que je ressens.

— Dans ton domaine, toi aussi, tu es un perfectionniste.

— Perfectionniste? C'est plus ou moins synonyme de téteux, non? Tu me traites de téteux!?

J'écarte les bras. Il gonfle les joues et glousse de plaisir.

Dieu merci, l'après-midi se déroule sans anicroche.

Les cours terminés, je m'attarde afin de croiser Carmen à l'improviste.

N'exagérons rien.

C'est déjà beau que je me résigne à la remercier de ce qu'elle a fait ce matin... Je ne veux pas qu'elle croie que je l'attends pour lui donner l'accolade.

Je la vois traverser la rue en compagnie de Sandra et de Manon, deux filles qui étudient le piano avec elle. Jetant mon sac à terre, je me penche pour délacer et relacer mon soulier.

— Phil?

Sandra m'offre une pastille. Manon se frotte les lèvres pour me montrer qu'elle vient de se mettre du rouge. Elles s'éclipsent au bout de trente secondes.

— Je te dois une fière chandelle, Carmen. Si tu ne m'avais pas sorti du pétrin, l'équipe Anne-Hébert se serait effondrée.

— Les médicaments, ça rend somnolent. C'est sans doute ce qui…

— Futur antérieur! Il n'y avait pas de quoi paralyser!

Je lui tends la main. Elle s'en empare et l'emprisonne entre les siennes. Mes phalanges deviennent blanches. On flâne dans les allées du parc en discutant du cas de Bruno Robin. Il va probablement être obligé de quitter l'école. Tout dépend de ce que va voter le conseil à sa réunion de lundi.

Même si je n'ai aucune sympathie pour lui, je ne souhaite pas qu'on le mette à la porte. J'estime qu'il a eu sa leçon.

Le chat tigré ne rôde plus dans les parages.

— Il a dû retourner dans son secteur, conclut Carmen.

En soirée, tel qu'il a été entendu dimanche, Robert me donne un cours de stationnement dans le parking du centre commercial.

Il a choisi un endroit désert.

— Tu te débrouilles bien, Phil!

— Mieux que dans le tournoi de conjugaison…

Grâce aux rétroviseurs, j'ai dix paires d'yeux. J'aime manoeuvrer le volant. Évidemment, je préférerais un modèle plus sport. Robert, lui, affectionne les voitures qui ressemblent à des corbillards recyclés.

— Un peu de respect pour cet auguste véhicule!

— Je…

— Avec la mine que tu as, Phil, ce n'est pas sorcier de lire dans tes pensées!

Pour m'agacer, il m'expose les caractéristiques des pneus et de la suspension.

— Tu t'es toujours passionné plus pour la photo que pour la mécanique.

— C'est vrai, oui… Ce serait épatant, n'empêche, d'avoir une culture universelle!

— Utopique, ça! Il faut développer son imagination, Phil. L'imagination remplace souvent l'instruction. N'appuie pas sur le frein avec le pied gauche. Avance jusqu'aux bornes de ciment. Stop! Recule dans cet espace… Parfait!

La conversation se poursuit sur la route.

— J'ai demandé à Carmen si elle croyait être capable un jour de faire le tour de la musique classique. Elle m'a répondu non. Même en se limitant aux pièces pour le piano, elle ne…

— J'ai combien d'enregistrements de blues, moi?

— Deux mille… Tu m'as prêté certaines cassettes qui…

— Ce que je possède, ça correspond en gros à cinq pour cent du répertoire.

C'est si vaste?! On épluche des documents, on s'instruit, on prend des notes, on barbouille des fiches, on accumule des notions. On ne parvient pourtant jamais à tout savoir.

Dommage…

— Tu dis ça à cause de ton côté collectionneur.

Il n'a pas tort. Les renseignements que j'accumule, je tiens à ce qu'ils soient complets et précis.

— Le truc infaillible pour avoir l'air cultivé, c'est de laisser parler les autres et de faire semblant de les trouver intéressants.

Il a le museau fendu jusqu'aux oreilles.

— Tu ris comme un phoque, Robert!

— La directrice se transforme en pingouine; moi, en phoque… Tes comparaisons sont du genre polaire. C'est signe que l'hiver s'en vient. À propos, fais-tu du ski, toi?

J'imagine alors une journée ensoleillée où Robert et Anna m'invitent dans un chalet situé en montagne. La même Anna qui aimait la couleur de mon pull.

Je n'ai pas besoin de vous expliquer que j'ai hâte à la première chute de neige...

Table des matières

Achevé d'imprimer
sur les presses de Litho Acme Inc.